LETTRE A M.....

SUR LA FORCE DU NATUREL,

COMEDIE

De M. Nericault Destouches.

M. DCC. L.

LETTRE
A M....
SUR LA FORCE DU NATUREL,
COMÉDIE
De M. NERICAULT DESTOUCHES.

MON CHER AMI,

Quinze ans donnés au culte le plus pur; à l'entretien du feu ſacré, enfin à l'amitié, accordent donc bien des droits, impoſent donc bien des devoirs? Tu m'ordonnes, tu dis, *Je veux*, & moi je t'obéis aveuglément! Au moins connois le prix du ſacrifice que tu éxiges : ſçais-tu que je joue gros jeu en cherchant à te ſatisfaire?... Je m'expoſe aux traits de ces complaiſans apologiſtes *de la Force du Naturel*, qui font leur cour à M. Nericault, par l'entremiſe des nouvelles publiques & étrangeres ; mais n'importe, je compte ſur tes ſecours : par-là je ne crains point de marcher à tâtons. Quand tu réunis tout ce qu'il faut pour être mon Horace & mon ami, voudrois-tu ne pas mériter de ma part ce beau diſtique de Perſe :

Omne vafer vitium, ridenti flaccus amico
Tangit, & admiſſus circùm præcordia ludit ?

Commençons par t'avertir d'être en garde contre un gros de Commentateurs qui veulent que l'Auteur, en adoptant le ſyſtême de ſa pièce, ait eu pour but de faire rire aux dépens de la nobleſſe, enſuite à ceux de la roture, de jouer l'une par l'autre, & de s'amuſer de toutes deux : ils prétendent que le dénouement de la Pièce ſi avantageux en apparence à l'honneur des femmes de conditions, redouble l'outrage que leur fait le commencement, où la fauſſe Julie s'abandonne à un Intendant. La raiſon qu'ils en donnent, c'eſt que le dénouement étant poſé ſur un principe faux, la réparation qu'il contient ne peut-être qu'imaginaire. De pareilles idées ſuppoſent dans M. Deſtouches une intention déterminée de heurter de front la Nobleſſe, encore plus que la Roture ; mais interroge les gens raiſonnables, ils riront de cette opinion, & la démentiront hautement.

J'aime à les croire ; tu dois en faire autant.

Juge impartial, je vais éplucher la *Force du Naturel.* Tu verras mon respect pour tout ce qui part de la plume sçavante qui vient d'enrichir la scène. Un vif intérêt me lie à M. Nericault : je tremble, je frissonne avec lui sur le sort d'une Piéce qui chancéle. Semblable à cette Mouche de la fable, qui par son bourdonnement autour d'un Coche lourd & tardif, croit animer le guide & les chevaux, & faire seule tout l'ouvrage avec son air empressé, je gronde tout bas M. Destouches ; j'ose lui dire : Que ne vous mettez-vous à la mode ? Est-il si mauvais de sçavoir faire une Piéce en deux façons ? Hé soyez du nombre de ces Auteurs benins & dociles, qui accoutumés à venir au Théâtre exposer leur thème & le corriger sous la dictée du Parterre, nous donnent une Pièce de la six ou septiéme édition. Ne faut-il pas garder une poire pour la soif ? De plus, être en état de refondre s'il le faut, une Pièce en une nuit ? Je sçai bien qu'accoutumé à la donner complette dès la premiere représentation, vous ne vous familiarisez-pas avec ces corrections dont d'autres tirent tout le mérite qui se trouve à la fin dans leurs ouvrages. Vous m'allez dire même, *hé si donc, ce n'est pas là le commerce des Muses, c'est celui des manœuvres, c'est de celebre Architecte devenir petit Maître*

Maçon : l'un pour bornes, ne connoissant que celles du génie, crée les édifices les plus vastes, les compose seul, en perfectionne l'ensemble d'après lui-même ; l'autre servilement borné à la toise, ne connoît que l'usage de la truelle, à l'aide de laquelle il replâtre les défectuosités qu'on lui fait appercevoir dans les plans qu'il s'est ingeré de faire. . . . . Pourtant vous voici dans une position où quelques avis ne vous nuiroient pas : agréés les miens de grace ; c'est descendre, je l'avoüe, mais cela vous coutera moins qu'à un autre. Avant tout, comme il me convient de craindre votre plume, trouvez bon que je prenne mes sûretés : j'éxige de vous, même engagement que celui que le Comte dans votre Pièce, demande au Marquis ; en lisant ces réflexions, *promettez-moi que vous serez maître du premier mouvement, jurez le moi de plus.*

Voilà ce que je dis à M. Destouches : si c'est m'ériger en conseiller, je me trouve un droit acquis & facile à déduire ; la Piéce est donnée au Public, j'en fais partie, elle a besoin d'être critiquée, & pour cela les yeux du vulgaire valent souvent mieux que ceux des Sçavans : & moi sans trop me flatter, j'en sçais autant que la servante de Moliere. D'ailleurs, ami respectueux de M. Destouches sans avoir le bonheur de le fréquenter, je m'élance, je vole à ſon ſecours ; & pour ſon honneur j'entreprens de le critiquer. Tu vois ſi j'invoque la paſſion : eſt-ce là écrire ſervilement ſous ſa dictée ?

Sûr de la modération de M. Deſtouches & de ſa retenüe, je n'héſite point à faire paſſer ici en revüe les endroits qui m'ont parû repréhenſibles dans ſon dernier ouvrage ; mais ma première tentation avant de relever les défauts dont j'ai à te rendre compte, eſt de chanter les beautés.

Ecrite ſans gêne, ſans affectation, tantôt noble, tantôt ſpirituelle, ſa Pièce, quant à la Poëſie, comporte bien ſon titre. Un ſtile par tout égal, velouté, coulant, en fait la *Force du Naturel*. Que de dignité, de décence dans des portraits, de ſaillant, de vif, de ſimple dans d'autres ! Que certains caracteres y ſont développés, finis, limés ! C'eſt le triomphe de la naïveté : elle ſe fait préferer au pompeux coloris de ces derniers ouvrages, inhumés preſqu'à l'inſtant de leur naiſſance. Beautés analyſées, brillans imperceptibles, rare œconomie, voilà ce que l'illuſtre Auteur perpétüe dans ſes ouvrages. De ce côté-ci, ſon enfant nouveau né peut figurer avantageuſement dans ſa famille : reſte à ſçavoir ſi on lui paſſera longtems les taches qu'on lui remarque, & qui l'empêcheront ſans doute d'être confondu avec ſes frères. Monſtrueux, informe ; quant au ſiſtême, il ſera parmi eux comme Eſope au milieu des deux beaux Eſclaves expoſés au marché de Samos : s'il fait fortune, ce ne ſera que par la ſingularité de ſa figure, & parce qu'il dit de bonnes choſes ; mais malheureuſement le Public ne s'eſt pas énoncé à ſa vüe, par le creux de la main. D'après cet accueil je n'oſe prononcer ſa bonne avanture, je vais te mettre à même de la dire ; tu lui ſerviras de Bohèmienne.

Je donnerai toute mon attention au principe ſur lequel M. Deſtouches a travaillé. Tout ſiſtême nouveau mérite d'être approfondi ; d'être adopté, s'il eſt bon, d'être refuté s'il eſt captieux & peu raiſonnable. Je rangerois celui-ci dans cette dernière claſſe, ſi je décidois ſur mes propres objections. J'en appelle à tes lumières, *ſede judex inter nos.*

Je dirai en général de la Pièce qu'elle m'a parû d'abord un diamant fin, par le poli, le jeu, l'eau que je lui trouvois, & qui n'étoient que trop capables d'en impoſer : qu'à l'examen la pierre a perdû tout ſon prix, que j'ai bientôt reconnû qu'elle étoit louche, fauſſe, mais artiſtement montée. Courir chez le lapidaire pour m'énoncer du prix & de la nature du diamant : accorder au metteur en œuvre ce qu'il voudra pour ſa façon, c'eſt tout ce que je dois faire. Quoi ! Parce qu'on me préſentera de l'abſinthe dans une

Coupe d'or, je dois l'avaler ? Non; non; répandre la liqueur, épurer, conſerver la coupe, voilà le parti raiſonnable. Tu me trouves toujours le même : tu vois que mon affection pour le vrai ne diminüe pas. Rappelle-toi le noir que me répandit dans l'humeur ce tableau que nous examinions chez M. le Comte De... Cette Porcie, peinte d'un air galand & badin, tenant dans ſes doigts un charbon ardent; cette Scévola femelle eut le ſecret de me déplaire : tu t'en apperçus par l'accueil froid que je fis au divin coloris du Peintre. J'ai malheureuſement adopté le principe de Quintilien, *intueri naturam & ſequi*; je ne puis m'en éloigner : auſſi tu peux t'attendre à me voir quelque beau matin faire main baſſe ſur les endroits choquans de bien des Auteurs. Tu penſes que je n'épargnerai pas ce Poëte Italien, qui pour peindre la beauté d'un fleuve, dit qu'il y avoit même du plaiſir à périr dans ſes eaux : un inſtant de ma mauvaiſe humeur pourra auſſi fort bien couter cher à Ovide ; je lui apprendrai à ſe renfermer dans la nature, nous verrons s'il y a puiſé le portrait de ce joüeur de Lyre qui bleſſé à mort, touche toujours les cordes de ſon inſtrument, & meurt ſans diſtraction.

Digitis morientibus ille retentat
Fila lyræ......

Remarque-tu comme il sauve à ce pauvre misérable les horreurs de la mort ; comme il l'achemine gaiement au Ténare ? Il est permis d'embellir la nature, de la parer ; mais lui donner des attraits forcés, c'est en faire une coquette, c'est bannir la simplicité, la décence, ses compagnes favorites. Le carmin, les ponpons sont-ils faits pour la tête des Vestales ?

Je ne prétends pas insinuer que M. Destouches soit aussi absurde, aussi nouveau dans ses propositions : je suis même choqué que personne n'ait entrepris encore de dresser une critique de *la Force du Naturel*. Pourquoi ce silence profond ? Met-on cette Piéce au numero de ces morceaux énormes qui exposés peu de tems au Théâtre, n'y sont pour ainsi dire, qu'acte de comparution, & qui ne convenant à personne, passent debout, & tout emballés ? Non. Ce n'est pas là le sort réservé à un ouvrage qui présente de si bonnes choses ; mais je m'apperçois que je m'arrête trop sur les objets que je rencontre : il est tems d'avancer chemin.

M. Destouches a recours à un échange pour nous peindre la force du naturel : il le suppose heureux dans une fille de condition qu'il masque sous l'habit de paysanne, & n'assigne à la paysanne crüe fille de condition, & à laquelle il fait donner une éducation convenable à ce rang, que des inclinations basses, & les dispositions les moins propres à mettre à profit les soins que l'on prend d'elle. C'est je crois donner à entendre que dans quelqu'état que soit une personne, il n'est pas en elle de déroger aux bonnes ou mauvaises qualités de sa race; qu'à coup sûr elle la représentera, qu'enfin, comme il le dit lui-même.

Il faut être Babet, quand on n'est pas Julie.

Quel heureux préjugé pour les Nobles! Je ne m'étonne pas si l'on en fait des demi-Dieux? Voyons où cela porte. Le premier Noble fut un Pasteur couronné, un chef de parti, qui montra plus d'intelligence, de fermeté, d'esprit ou de courage que ceux qui le mirent à leur tête. Il faut donc croire comme un article de foi, d'après M. Destouches, que les qualités éminentes de ces premiers de Tiges ont passé sans altération & comme par succession de père en fils, jusqu'à leurs derniers hoirs, ainsi que le nom, les titres & l'appanage? Que ces qualités une fois reconnües dans l'un, sont garanties & avoüées pour toute sa posterité. Qu'elles ont résidé nécessairement & sans discontinuité dans tous ses ancêtres, & que la nature ailleurs si variée, s'est lié les mains, se les liera constament à jamais en leur faveur, & pour ne rien faire que d'analogue à ces qualités permanentes : que le fils d'un honnête homme ne peut jamais être un fripon, que celui d'un homme d'esprit ne sera jamais un sot, qu'un grand qui transmet à son fils le sang, les biens, les titres, lui assure par là son courage, son œconomie, son éclat.

Qu'elle est dangereuse, qu'elle tire à conséquence cette proposition ! Si la vérité l'avoüe, Mon Cher Ami, je suis bien éloigné de sçavoir ce que c'est que le naturel. Du père au fils ; & de celui-ci à son frère, il n'y auroit donc aucune différence ? Par ma foi j'ai beau me piquer de complaisance, je ne puis me fourer cela dans la tête : pour ne pas décider d'après moi-même, j'entreprends de feuilleter tous les mortels : je vais plus loin, Comme l'Intimé dans les Plaideurs, je parcours les tems qui précéderent même la naissance du monde : je suis forcé de passer au déluge ; pour lors je vois (& j'aurai bien-tôt vû) dès les premiers hommes, le prix du systême en question. Quelle différence de Caïn à Abel : l'un innocent & juste, l'autre jaloux & furieux. De Caïn & de Seth, troisiéme fils de Noé, sortent les deux premières tiges : elles sont déja si différentes, qu'on appelle l'une les enfans de Dieu, l'autre, ceux des hommes par opposition. Cela me fait faire une réflexion en passant. Nous sommes sûrement sortis de cette dernière tige ; nous autres pauvres roturiers si mal traités chez M. Destouches ; & les nobles en qui il fixe les sentimens & les vertus, sont apparemment ces enfans de Dieu : il y a tout lieu de le croire. Je les vois comblés de bénédictions, couverts de la rosée du Ciel, mangeant le miel de la Terre promise. .... Mais continuons. Quelle différence de Jacob à Esaü ? de Joseph à ses frères ? d'Onias à Jason ? J'ai beau présenter à ces tiges le nouveau systême, il ne peut se soutenir à la comparaison. M. Nericault n'auroit donc pas bien déterminé la force du naturel ?

Voyons, chemin faisant, s'il a eû en vüe dans sa Pièce, l'épurement des mœurs : si les ridicules qu'il a semés dans son ouvrage, en défigurant le vice, embellissent la vertu ; s'il l'a rendüe essentielle, raisonnable : car les vices sont un fond d'Etat, l'œconomie à qui on en confie le maniment, les doit faire tourner au bien général. Hors cela c'est un dissipateur ; enfin sur cette dépense il n'est point de trésorier sans rendre compte : on épluche la gestion à livres, sols & deniers, & le fol emploi se trouve séverement puni.

Le but moral de M. Destouches a-t-il été d'inspirer le mépris du luxe, de l'etiquette, des grandeurs ? de faire renaître l'âge d'or ? Mais comment nous forcer à cultiver la vertu, s'il eſt décidé qu'elle ſe perpétue dans des familles, qu'un pere la donne à ſon fils par avancement d'hoirie? Il eſt inutile de s'efforcer à l'acquiſition des vertus qui ne peuvent nous manquer; attendons-les avec confiance, ſi en jettant les yeux derriere nous, nous les appercevons dans quelqu'un de nos ayeux: pourquoi faire des avances vers elles, s'il eſt décidé qu'elles doivent nous venir trouver? Pour établir inconteſtablement qu'on eſt vertueux, il ne ſera plus beſoin de cette conduite irréprochable, de ces preuves tirées de l'humanité, de ces triomphes marqués ſur ſoi-même, &c. on n'aura qu'à ſe nommer, ſi notre nom eſt ſinonime à vertu, le pauvre Seneque conviendra qu'il étoit dans le délire, ou tout au moins qu'il avoit la migraine ou des vapeurs quand il nous a dit:

Qui genus jactat ſuum aliena jactat.

Il faudra faire relancer aux Eliſées, le ſévere raiſonneur du dernier ſiecle; lui prouver l'inconſéquence de ſes vers, en faire biffer publiquement les maximes comme fauſſes & erronées.

Mais la poſterité d'Alfane & de Bayard
Quand ce n'eſt qu'une roſſe eſt vendue au hazard.

. . . .

Et d'un tronc fort illuſtre une branche pourie, &c.

Quel plaisir d'apostropher ce M. de la Mothe ! de le traiter de frénétique, lui qui nous berça de ce passage,

> Le sang s'altere & se répare ;
> Ainsi Castor né de Pindare,
> Prit place entre les immortels !
> Ainsi le hideux Polipheme ;
> Fils indigne d'un Dieu qui l'aime ;
> N'a pû partager ses autels !

Mais si par hazard M. Destouches avoit pris le change, (& qui peut être exemt de donner à gauche, *errare humanum est !*) Si mille exemples pris dans la société renversoient un systême qui dépare la solidité des autres Poëmes de M. Destouches, & qui répugne au bon sens dont il a fait tant de preuves, quel honneur pour l'Auteur né honnête homme, de convenir qu'il a pû ne pas faire assez d'attention au principe qu'il prétendoit faire germer chez nous ! Que de gloire pour moi de lui fournir l'instant de sacrifier à l'utilité publique & à la connoissance du vrai,

Ce fruit des préjugés, mais non pas de son Cœur !

Que d'avantages encore pour moi, d'arrêter une fausse monnoie qui ne doit avoir aucun cours. Mais tu t'éleves en ce moment contre moi? & pourquoi? *Il n'est pas aisé*, dis-tu, *de se dédire d'un sentiment avancé & soutenu publiquement?* à cela ne tienne: que M. Nericault chante tout haut la palinodie sans crainte; je réponds sur ma tête de la disposition du Public: on sçaura trouver un biais pour ne le point trop mortifier, & moi-même en le grondant, je m'apprête à lui faciliter un faux-fuyant. Je me servirai vis-à-vis de lui des paroles de ce Prélat, qui annonça à Gregoire Léti, à Londres, que son Livre (il Teatro Brittanico) qui étoit entre les mains du Roi d'Angleterre, n'avoit pas fait fortune pour cela: *Signor Grégorio voi avete fato l'Historia per altri è non per voi è devovete farla per voi e non per altri:* Quel mal, quand on diroit de M. Nericault ce qui s'est dit d'Homere:

Aliquando bonus dormitat Homerus?

Du moins nous ne serions plus forcés à croire que ce naturel heureux qui nous incline à la vertu, est un présent de nos Peres; que nous le devons plus à eux qu'à la nature; que le hazard nous ayant fait naître de tiges illustres, nous sommes nécessairement dottés des vertus & des qualités propres à soutenir & à illustrer même de plus en plus un nom fameux. Ainsi dans Caton, dans Scipion, dans Paul-Emile, nous ne célébrerions qu'eux seuls,

& nous ferions bien éloignés de croire que leurs ayeux eussent quelques prétentions sur les honneurs dont on les a comblés. Ainsi la Couronne triomphale ou civique dont nous récompensons ceux qui ont bien mérité de la Patrie, sera dûe entierement aux grands hommes que nous en décorons; & leurs peres, quelqu'illustres, quelque vertueux qu'ils ayent été, n'en prétendront aucune fleur, pas même une feuille. Ils se contenteront de l'éclat dont on les aura vû briller au siecle où ils vivoient, & n'auront rien à démêler avec leurs descendans : si ceux-ci, quand ils sont souillés des crimes & des excès les plus atroces, se flétrissent eux seuls, & ne peuvent pour cela ôter rien à l'idée que nous avons conçüe de leurs ancêtres, de même les ancêtres n'ont rien à exiger quand leurs descendans s'illustrent. Encore une visite chez M. de la Mothe pour nous éclaircir à ce sujet, & passons condamnation quand il dit :

Hé que fait à ce que nous sommes,
Ce que nos Peres ont été.

Mais voyons ce que c'est que le naturel. C'est un germe qui se trouve en nous dès l'instant de la naissance, & qui donne avec le tems des productions tantôt exquises, tantôt ameres, ou tantôt des fruits aigres-doux, qui tiennent de differens genres. C'est un éguillon que l'on peut parvenir à maîtriser ; mais qui ne s'émousse jamais. C'est une pente qui nous porte rapidement vers l'objet analogue à la disposition de nos organes. C'est, si l'on veut, un lot plus ou moins favorable que la nature nous adjuge en nous formant.

Suivant cette dernière idée, il n'est pas difficile de faire divorce avec le systême de M. Destouches, il établit trop d'uniformité dans une suite de descendans : c'est contraindre la nature, qui souvent ne met pas plus de ressemblance entre le naturel du pere & celui du fils, qu'ils n'en ont par le rapport des visages, & qui moins asservie aux regles de la symétrie, crée rarement deux personnes par comparaison : variée sans cesse, libre dans ses operations, elle les dispose à son choix ; avec équité pourtant. A l'un elle verse ses dons d'une façon, à l'autre différemment. A celui-ci elle orne & apprécie les dehors, à celui-là elle perfectionne l'intérieur, &c.

Pardonne, mon cher ami, cette définition un peu longue. M. Destouches me force à raisonner ici. Je craindrois de lui faire repeter à mon sujet ce qu'il dit (Mercure d'Octobre 1742.) au sujet d'un inconséquent :

Je tance un goût faux, insipide,
Qui n'ayant que l'esprit pour guide,
Sans consulter le Jugement,
Galoppe sans mords & sans bride

Loin de ce vrai, ſimple & charmant
Sur qui la nature préſide.

C'eſt ce vrai ſimple & charmant que je cherche pour combattre l'Auteur qui m'inſtruiſit tant de fois : pourquoi la réputation des ayeux eſt-elle un poids ſi accablant, & quelquefois même inſuportable ? C'eſt que les deſcendans n'ont ſouvent ni le naturel, ni les qualités qui ont fait marcher leurs ancêtres ſi rapidement dans le chemin de la gloire. Pourquoi tant de familles deshonorées, tant de places où la ſurvivance n'a pas lieu ? tant de grands noms ternis ? tant d'égards, tant de faveurs perdus ? C'eſt que l'heureux ſyſtême de M. Nericault n'eſt qu'imaginaire. Tout Auteur du Glorieux qu'il eſt, je préſume aſſez de ſa modeſtie pour croire que prudent Pigmalion, il n'adorera pas cette dernière ſtatue : je conviens que ſon ciſeau l'a preſqu'animée, que l'œil & l'eſprit en ſont très-ſatisfaits; mais la raiſon a quelque choſe à déſirer : cette ſtatue ſeroit vivante, elle eſt aſſez belle pour cela ; mais n'ayant point d'ame, comment cela ſe peut-il faire ? la vrai-ſemblance ne permet pas de l'eſperer.

Ne ries-tu pas de me voir ſi long-tems ſur la ſcêne avec mon brave Athléte ? hé quoi ? s'il s'en offençoit, il n'a qu'à penſer combattre contre une femme. Madame Dacier, dans ſa défenſe d'Homere, a bien eu affaire *à la So-*

ciété ! Quel crime d'ailleurs peut-on me faire si je parois aujourd'hui la lance à la main ? Avant de combattre, je m'incline devant un antagoniste que j'honore, je le chante, je le couronne de fleurs : me trouvera-t-on plus acharné à le critiquer, que porté à le célébrer ? dira-t-on que je ne cherche qu'à m'égayer ? si mon respect ne dominoit pas sur tout ce que je dis, mon cher ami, je t'eusse allarmé par un refus, je t'eusse arrêté tout court par ce passage de Ciceron :

Hæc igitur prima lex in amicitiâ sanciatur ; ut neque Rogemus res turpes, nec faciamus rogati.

Après tout, quand j'enleverois à M. Nericault l'honneur d'un principe, la conséquence d'une proposition, quel tort lui ferois-je ? c'est ôter un écu à un Fermier Général, une fleur à un vallon émaillé, au Tibre une goute d'eau.

J'ai combattu jusqu'à présent sur des raisons, il faut les appuyer d'un fait qui s'est renouvellé sûrement plus d'une fois autour de nous : c'est une anecdote que tu verras quelque jour dans l'Histoire générale de mes voyages, Lorsque j'étois en Allemagne, françois désœuvré, je rêvois à l'Angloise. Le moyen d'échapper aux réflexions quand on ne s'est pas encore ménagé une ressource contre l'enmui? Le fils d'un Baron Allemand chez lequel j'allois fort ſouvent, va faire broncher le ſyſtême que je combats : riche héritier d'un grand nom & de plus grands biens encore, il recevoit l'éducation convenable à ſon rang : plus d'un Mentor formoit ce Télémaque ; enfin tout ce qu'il y avoit d'habiles gens en tout genre, venoient aſſidûment gagner chez lui le cachet. Ce Seigneur avoit un jeune domeſtique à peu près de ſon âge, qui, né curieux & penché par goût vers les choſes dont on inſtruiſoit ſon Maître, mettoit à profit un argent qui ne ſe débourçoit pas pour lui. Que d'avantages réünis on entrevoyoit en ce ſujet! les Maîtres trouvoient chez lui les principes qu'ils étoient obligés de jetter chez le jeune Seigneur : une figure prévenante, une façon naïve & raiſonnable de s'énoncer, diſpoſoit tout en faveur de Dubois (c'eſt à quoi revient ſon nom en Allemand.) On avoit des ménagemens pour Dubois dont il ne ſçavoit jamais ſe prévaloir ; il s'étoit compoſé, au cœur de l'Allemagne, un air ſi doux, des dehors ſi polis, que du Maître au Valet il y avoit une difference ſenſible, & que l'habit de livrée ne ſembloit point du tout en ſa place. L'un devoit aux biens, à l'étiquette, au rang, la conſidération que l'autre dans ſon état ne devoit qu'à lui-même. L'un regardoit l'éducation qu'on lui donnoit, comme un châtiment imposé, l'autre y trouvoit un plaisir utile, alloit au-devant d'elle, se familiarisoit avec les Arts, en gravoit l'amour profondément chez lui. Malgré les soins que l'on prenoit pour former l'un, il déperissoit : arts, vertus, tout glissoit sur son esprit & sur son cœur; l'autre au contraire, au développement d'une figure aimable, brillantée à plaisir par la nature, joignoit celui de l'esprit par des connoissances solides, puisées sans frais, ineffaçables, & se formoit un cœur que la vertu avoit marqué à son coin. Sur l'examen que j'en ai fait, il étoit capable des plus grands procédés. Dubois étoit le *Pius Æneas* de sa famille, & sur tout à l'égard de son père, qui pauvre petit Cordonnier, sans presqu'aucun ouvrage, s'aidoit de ce que son fils lui donnoit.

Voilà pourtant un Roturier, très-Roturier, qui pour appanage a des vertus : crois-tu qu'il ne soit pas noble à mes yeux ? ne merite-t-il pas de l'être ? le systême de M. Destouches, cloche passablement dans cet endroit : comment l'interpreter ? si les vertus sont confinées chez les nobles, ont-elles pu se tromper de numero ? par quelle heureuse transmigration sont-elles logées chez un Valet : elles seroient bien bourgeoises ces vertus-là ! A moins qu'elles n'ayent été forcées de déroger par quelque catastrophe dûe au hazard. Tu verras qu'il y a eu quelque peu de tricherie dans la conduite de la mère Dubois. Surement quelque Mousquetaire ou quelqu'autre Officier en garnison dans l'endroit où j'étois, ou bien (ce qui est plus vrai-semblable) quelqu'Acteur aussi séduisant, plus secret, plus commode, un Abbé *de bonne Maison*, par exemple, aura courtisé Madame Dubois, & sans doute le mari raisonnable, François à cet égard, bien convaincu d'ailleurs du sens de ce proverbe, *ne sutor ultrà Crepidam*, aura fermé les yeux à propos.... Mais je fais trop de cas de Dubois, pour lui supposer une naissance aussi équivoque : non, non, sa vertu, ses talens sont des dons que la nature a pris plaisir à verser sur lui. J'aurois mauvaise grace d'en douter. Les nobles ont-ils plus de sûreté que nous, pour sçavoir au juste si le nom qu'ils portent leur appartient ? tant de Généalogies falsifiées, tant d'enfans échangés, quelques femmes galantes, en voilà plus qu'il n'en faut pour faire pousser des branches de sauvageon sur l'arbre le mieux greffé du monde : en outre, est-il si difficile..... mais le papier me manque, ainsi je te renvoye à toi-même : dis-toi ce que j'ai obmis, & tout bien pesé, tu verras que M. Destouches ne tardera pas à se faire Prosélyte dans notre croyance :- elle est appuyée sur la vérité, l'usage, la vrai-semblance. Peut-elle être mieux étayée ?

Je vais te servir pour dernier plat, une maxime que je ferai passer à M. Destouches.

L'on doit se taire sur les Puissans : il y a presque toujours de la flatterie à en dire du bien : il y a du péril à en dire du mal pendant qu'ils vivent, & de la lâcheté quand ils sont morts.

www.ingramcontent.com/pod-product-compliance
Ingram Content Group UK Ltd.
Pitfield, Milton Keynes, MK11 3LW, UK
UKHW020539230726
13925UKWH00006B/2383

9 782014 081664